Je veux ces bottes!

N° éditeur : 10169766 – Dépôt légal : mai 2010
Imprimé en France par Pollina - L53896A

Je veux ces bottes !

TEXTE DE MYMI DOINET

ILLUSTRÉ PAR MARC BOUTAVANT

Dans le magasin de monsieur Basket,
il y a des chaussures de toutes
les couleurs et de toutes les tailles.
Serrées l'une contre l'autre,
deux bottes rouges rêvent de sauter
dans des flaques d'eau.
Elles chantent :

Tralala !
Vive la pluie et
les flaques d'eau !

Soudain, une dame bizarre entre
dans le magasin. Son chapeau noir
est biscornu et ses pieds sentent
le fromage.

Elle remarque
les bottes rouges
et marmonne :

> Abracadabra !
> Je veux
> ces bottes-là !

Les bottes rouges
chuchotent :

> Bah ! La sorcière
> Cracrabosse
> est trop moche.
> Vite, cachons-nous !

La sorcière est en colère.

Broumm!

Elle s'envole sur son balai à moteur.

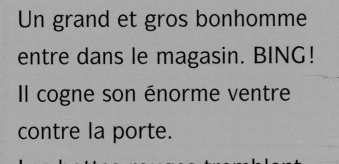

Un grand et gros bonhomme
entre dans le magasin. BING!
Il cogne son énorme ventre
contre la porte.
Les bottes rouges tremblent:

Oh là là!
Il a des dents
comme
des épées!

Le grand et gros bonhomme
essaye les bottes rouges
et hurle :

Sapristi !
Ces bottes
sont trop petites.
Elles sont
trop rikiki.

Et il s'enfuit, furieux,
chaussé dans ses vieilles
bottes de sept lieues.

11

Les bottes rouges s'écrient:

Ouf,
l'ogre est parti!

Puis arrive une petite fille.

Elle est habillée d'une cape rouge
et elle porte un panier. Dedans, il y a
une galette et un petit pot de beurre
frais. La fillette enfile les bottes rouges
et dit:

Zut! Ces bottes
sont trop grandes!

Et elle choisit une paire de sandales rouges.

POF!

Maintenant, un étrange personnage
moustachu entre dans le magasin.

Qui est-ce ?

Ce n'est pas le facteur ni le gendarme.

Les bottes rouges murmurent :

Non,
c'est le plus futé
des chats !

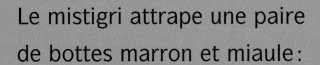

Le mistigri attrape une paire
de bottes marron et miaule :

Miaou !
Avec ces bottes,
je vais courir très vite.

La première étoile s'allume dans le ciel.

Monsieur Basket ferme son magasin.
Il range les bottes rouges
dans leur boîte. Elles pleurent :

Comme c'est triste
de vivre dans une prison
en carton !

Toc, toc, toc!

Qui frappe si tard à la porte?

C'est un monsieur à barbe blanche.
Le mystérieux visiteur dit :

Je cherche
de solides souliers !

Monsieur Basket se gratte le menton :

J'ai vendu toutes mes bonnes chaussures.

Les bottes rouges ont tout de suite
reconnu le Père Noël.
Elles tapent des talons :

Ce n'est pas vrai,
délivrez-nous !

Le Père Noël ouvre
la boîte en carton.

Il enfile les bottes rouges et s'exclame :

Elles sont parfaites pour moi !

Les bottes rouges sont ravies.
Elles chantent :

Tralala ! Vive le Père Noël !
Avec lui, nous allons faire
le tour du monde !

Le Père Noël monte dans son traîneau.
Et, bien botté, il disparaît sous la lune
bleutée.

Le texte à lire dans les bulles est conçu
pour l'apprenti-lecteur.
Il respecte les apprentissages du programme de CP :
le niveau TRÈS FACILE correspond
aux acquis de septembre à décembre,
et le niveau FACILE à ceux de janvier à juin.

Cette histoire a été testée à deux voix
par Sophie Dubern, institutrice, et des enfants de CP.

LECTURE FACILE

Alerte rouge !
de Christophe Nicolas, illustré par Benoît Perroud

Buz 455 est une abeille très **sérieuse**, travailleuse et expérimentée. Bi, **débutante**, ne pense qu'à s'amuser et à défier les règles. Or, Buz va devoir former Bi au **métier** d'abeille : une journée piquante en perspective !

Ici, Super Juju !
de René Gouichoux, illustré par Thomas Baas

Un super **secret**, un super **costume**, des super **pouvoirs** : Super Juju passe son temps à sauver la planète. Mais le métier de **superhéros** peut être difficile pour un petit garçon, surtout si ce dernier tombe amoureux…

Il fait glagla !
de Christian Lamblin, illustré par Aurélien Débat

Sur la planète d'Okimi, il fait toujours chaud. Mais un soir, tout change : l'air devient **glagla** et le sol fait **cre-cre** dès qu'on marche dessus. Attention à ne pas attraper le **snif-snif** !

Que la vie est belle !
de René Gouichoux, illustré par Mylène Rigaudie

Kouma la girafe se trouve trop **grande**. Son ami, Toriki le lièvre, lui, se dit trop **petit**. Ils décident tous deux d'aller trouver Marabout, l'oiseau-sorcier qui réalise les **souhaits**. Mais attention, la savane réserve bien des surprises…. de **taille** !

La tour Eiffel a des ailes !
de Mymi Doinet, illustré par Aurélien Débat

Aujourd'hui, la tour Eiffel a des fourmis non pas dans les jambes mais dans les **piliers** : la **dame de fer** a envie de bouger ! Et si elle prenait des petites vacances, loin de **Paris** ? Voici une **touriste** peu ordinaire !

Je suis Puma Féroce !
de Laurence Gillot, illustré par Rémi Saillard

Au supermarché, Loulou se transforme en **sioux** : désormais, il faut l'appeler **Petit Ours** ! Pendant que sa mère, Fleur de Lotus, continue les courses, le petit Indien va vivre de grandes **aventures**…